Para Rofe con
cariño de

Conchita

Navidad 2015

Dirección editorial: Elsa Aguiar
Colección dirigida por Marinella Terzi
Traducción del alemán: Marinella Terzi

Título original: *Das grosse Weinen*
© del texto: Dimiter Inkiow, 2005
© de las ilustraciones: Anne Decís, 2005
© Ediciones SM, 2005
  Impresores, 15 - Urbanización Prado del Espino
  28660 Boadilla del Monte (Madrid)
  www.grupo-sm.com

Centro de Atención al Cliente
tel. 902 12 13 23
Fax. 902 24 12 22
e-mail: clientes.cesma@grupo-sm.com

ISBN: 84-675-0438-2
Depósito legal: M-28601-2005
Preimpresión: Grafilia, SL
Impreso en España / *Printed in Spain*
Orymu, S. A. - Ruiz de Alda, 1 - Pinto (Madrid)

Queda prohibida, salvo excepción prevista en la Ley, cualquier forma de reproducción, distribución, comunicación pública y transformación de esta obra sin contar con la autorización de los titulares de su propiedad intelectual. La infracción de los derechos de difusión de la obra puede ser constitutiva de delito contra la propiedad intelectual (arts. 270 y ss. Código Penal). El Centro Español de Derechos Reprográficos vela por el respeto de los citados derechos.

EL BARCO  DE VAPOR

Dimiter Inkiow
¿Por qué lloras?
Ilustraciones de Anne Decís

Un día me desperté muy triste.
Como estaba tan triste,
empecé a llorar en la cama.

Mi hermana Lidia,
que también estaba despierta,
se acercó y me preguntó:
—¿Por qué lloras?

Al oír la pregunta,
me puse a llorar más fuerte.

—¡Buáaaaaa! ¡Buáaaaaaa!
—¿Has tenido una pesadilla?
—¡No! ¡Buáaaaaa!

—Pero ¡estás llorando!
—¡Sí! ¡Buáaaa!
—¿Y no has tenido una pesadilla?
—¡No! ¡Buáaaaa!

—¿Te duele un diente?
—¡Buáaaaaa! ¡No!
—¿Te duele la tripa?
—¡No! ¡Buáaaaaaaa!

—Entonces, ¿por qué lloras?
—No lo sé. Estoy triste.

—Pero, ¿por qué estás triste?
—Estoy triste.
Me he despertado triste.
—Pero…
¿por qué te has despertado triste,
pobrecito mío?
—¡No me llames "pobrecito mío!
¡Buáaaa!
—A quien se despierta triste,
se le puede llamar "pobrecito mío".
¿No lo sabías?
—¡No! ¡Buáaaaaaa!

—Por favor,
¿puedes llorar más bajo,
pobrecito mío?
Quiero leer.

—Estoy triste, snif... snif,
y ¿tú te pones a leer?
—He sacado de la biblioteca
un libro muy divertido.

Al oír aquello,
me puse a llorar más fuerte todavía.
Yo estaba triste
y ella se ponía a leer un libro divertido.
¿Qué significaba eso?
Que le daba igual que yo estuviera triste.
Aquella era razón suficiente para llorar.
—¡Buáaaaaaaa! ¡Buáaaaaa!

—Por favor,
¿no puedes llorar más bajo?

—¡No! ¡Buáaaaaaaaa!

—Por favor, por favor.
Lo que estoy leyendo es tan divertido...
¿Necesitas un pañuelo?

—¡No quiero ningún pañuelo!
¡Buáaaaaaa!

—Si utilizas un pañuelo,
llorarás más bajito.

Es lo que hacen
las personas educadas.
—¿Quiénes son
las personas educadas?

—Las que se comportan correctamente.
Tú te limpias la nariz
y yo tengo tranquilidad...

—Pero no quiero llorar bajito.
Solo me faltaba eso:
Llorar bajito
para que ella estuviera tranquila.
¡Nunca!

Se sentó a mi lado
y me acarició la mejilla.
—¡Pobre! ¿Qué te pasa?
¿Te duele algo?
¿Te has caído esta noche de la cama?

—¡No! ¡Buáaaaa!
—Pero... ¿por qué lloras?

Me estaba poniendo nerviosísimo con tanta pregunta.
Quería saber por qué lloraba.

Me senté en la cama,
me limpié la nariz y pensé:

"¿Por qué lloro realmente?"
No lo sabía.

¿Por qué llevaba un buen rato llorando?
¡Ni idea!
Ya no estaba triste.

Me limpié la nariz de nuevo.
Pero…
¿por qué llevaba tanto tiempo llorando?
Resoplé y dije:
—No lo sé.

—¿No lo sabes?
–se asombró Lidia.
—No. En serio.

—¿De verdad no tienes ni idea del motivo por el que has llorado tanto?
—No. Se me ha olvidado de repente.

—Pues ¡piénsalo! –me propuso–.
A lo mejor, te puedo ayudar.
No puedo soportar que llores así.

—Pero... ya no lloro, Lidia. Lo estás viendo: ya no lloro.

—A pesar de eso.
Lo quiero saber.

Me puse a pensar de nuevo:
¿Por qué había estado llorando?
¿Por qué?

Porque me sentía triste.
Pero ¿por qué me sentía triste?
No. Por más que me empeñara,
no conseguía averiguarlo.
¿No era triste?

41

—¡Buáaaaa! ¡Buáaaaa!
Lidia me preguntó muy enfadada:

—¿Por qué lloras ahora?
Suspiré y respondí:
—Porque no sé
por qué estaba tan triste antes.

Nos reímos a la vez
y empezamos a hacernos cosquillas.
Fue muy divertido.

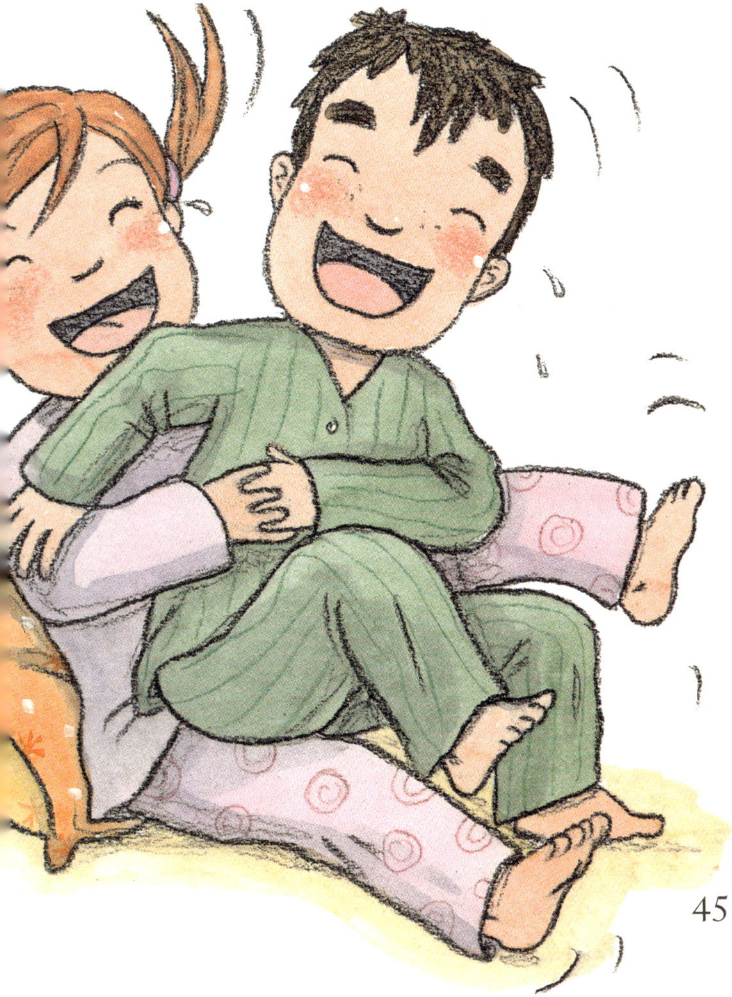

¿QUIERES LEER MÁS?

SI TE HA GUSTADO **¿POR QUÉ LLORAS?** PORQUE A SUS PROTAGONISTAS LES PASAN COSAS MUY PARECIDAS A LAS QUE TE OCURREN A TI CON TUS HERMANOS O CON TUS AMIGOS, PUEDES LEERTE TAMBIÉN LOS OTROS TÍTULOS DE LA SERIE **MI HERMANA LIDIA Y YO**, y disfrutarás con estos mellizos que, aunque se quieren mucho, no siempre se llevan del todo bien.

MI HERMANA LIDIA Y YO
Dimiter Inkiow
EL BARCO DE VAPOR, SERIE BLANCA

SI TE GUSTAN LOS PERSONAJES COMO LIDIA Y SU HERMANO, QUE SE LLEVAN MUY BIEN ENTRE ELLOS Y SE CUENTAN SUS COSAS, LÉETE TAMBIÉN **KOKO Y KIRI**, que narra la historia de dos imaginativos personajes que se entienden a la perfección.

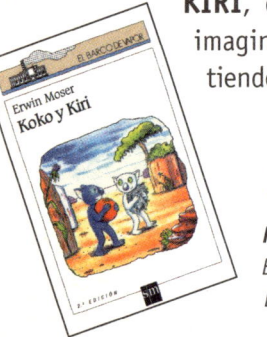

KOKO Y KIRI
Erwin Moser
EL BARCO DE VAPOR, SERIE BLANCA, N.º 89

Y TAMBIÉN TE ENCANTARÁ **DAVID Y EL MONSTRUO QUE NO SABÍA JUGAR**, la historia de un chico que, con su conversación, combate la soledad de un pobre monstruo que desea tener un compañero de juegos.

DAVID Y EL MONSTRUO QUE NO SABÍA JUGAR
José María Plaza
EL BARCO DE VAPOR, SERIE BLANCA, N.º 85

SI TÚ TAMPOCO QUIERES ESTAR TRISTE, COMO EL HERMANO DE LIDIA, NO TE PIERDAS **CONEJOS DE ETIQUETA**, un libro muy divertido que habla de la inutilidad de poner etiquetas a las personas… ¡y a los conejos!

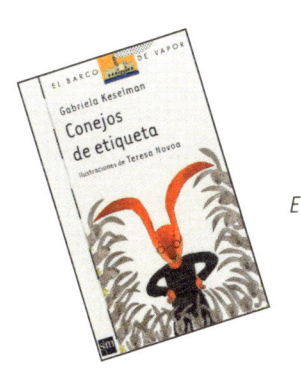

CONEJOS DE ETIQUETA
Gabriela Keselman
EL BARCO DE VAPOR, SERIE BLANCA, N.º 105

elbarcodevapor.com